The Rat and The Bat

And other short stories

Written In English and Samoan by Pemerika L. Tauiliili

AuthorHouse™
1663 Liberty Drive, Suite 200
Bloomington, IN 47403
www.authorhouse.com
Phone: 1-800-839-8640

First published by AuthorHouse 11/25/2009

ISBN: 978-1-4490-4562-3 (e)
ISBN: 978-1-4490-4389-6 (sc)

Printed in the United States of America
Bloomington, Indiana

This book is printed on acid-free paper.

Contents

"Come on bat it is time to go for a ride"

The Rat and the Bat

A very long time ago, in the Samoan islands in the South Pacific Ocean there lived two very special animals, the rat and the bat. Never were there to be found such a peculiar yet close friendship between two so distinctly different animals; the rat that lived on the ground and walked on all four feet, and the bat that flew in the sky. The rat and the bat did have a few things in common though. In fact, that brings us to the story about how they first met.

Both the rat and the bat enjoyed eating the same kinds of fruits. One day, the rat climbed up on a papaya tree and found the bat there. "What are you doing eating my fruit?" asked the rat.

"Oh, I am sorry. I will fly away and find another fruit," replied the bat.

"Do not go. We can share the same papaya because there is enough for both of us."

"Oh that is kind of you," said the bat.

From that day onward the two enjoyed all of the fruits on their island together.

They even enjoyed fishing together.

But their favorite pastime of all was flying together throughout the island. Each day the rat would climb up onto the bat's back and the bat would take him high above the mountains and over the sea. The rat enjoyed the ride so much that he often wished that he could have his own wings so he could fly like his friend the bat.

"Oh how beautiful the ocean looks from up here," exclaimed the rat.

"Do you really like it?" asked the bat.

"Of course I like it. You wouldn't know because you've always had wings and have never had to look at the island from the ground like I have," complained the rat.

"Well, you are always welcome to ride on my back," answered the bat.

"I wish I had wings like you. That way we could fly together" sighed the rat.

It was then that it dawned on the rat that the only way he would ever be able to fly like the bat was to ask the bat if he could borrow his wings. One day as the rat and the bat were enjoying their daily flight around the island, the rat could no longer contain himself.

He leaned down, and yelled into the bat's ear, "I have a proposition for you."

"Oh what is that?" called out the bat.

"While I have been sitting on your back, I have been studying the winds. If I could fly, I bet I could fly higher and faster than you," challenged the rat.

The bat laughed loudly, "no, you could not fly higher than me. What are you going to fly with, your tail?" ha ha ha!

"If I had your wings, I'd be able to show you how much higher and faster I could fly. That's my proposition. Let me borrow your wings for just a little while and I will show you how to use the wind to fly even better," the rat insisted.

By this time, the normally quiet and unassuming bat could not control his laughter. In fact, he laughed so hard that they just missed hitting a tree, and rolled onto the rocks below. The rat dusted himself off. He was not amused and was now determined more than ever to get the bat's wings for himself. "Please, let me show you what I can do," implored the rat.

"Whoever thought of a rat flying in the air? I think I will accept your proposition just because it will be so funny to see a rat try to fly," the bat replied almost scornfully.

So they rushed over to the field and there the bat started to remove its wings. The rat could hardly wait. "Here, let me help you," the rat insisted pulling anxiously at the bat's wings.

One wing came off and as soon as it came off the rat wasted no time in attaching it to his left arm. Within minutes, the rat had both wings on.

"By the way, can you hold my feet since your wings already have a pair of feet attached? Will you also hold my tail until I come back?" asked the rat. The bat willingly obliged, sat back, and prepared to watch what he was sure would be the rat's futile attempt to fly.

At first, the rat flapped the bat's wings and tried to fly straight from the ground. However, he was not used to the weight of his new flying apparatus and barely lifted an inch above the ground.

He then crawled up the trunk of a banana plant and spread his wings and jumped from atop its widespread leaves. He glided ever so slightly, and then tumbled awkwardly to the ground.

Tenaciously, the rat crawled up a papaya plant. He lifted his wings, kicked his feet, and pushed himself off the orange fruit. Yet again he fell to the ground.

He did this several times, trying almost every tree in the field. Each time he fell, the bat rolled over in laughter. "So much for studying the winds," teased the bat. Holding his stomach, which was sore from laughing, the bat called out, "come on, give it up. You can not fly. Unlike me, you just don't have the aptitude for it."

I can never give up! I planned all this for such a long, long time, the rat thought irritably to himself. "I cannot and I will not fail. I must climb higher so there will be enough distance from the ground."

Seeing a tall breadfruit tree, the rat decided to give it one more try. "One more time," he muttered under his breath.

The exhausted rat crawled up to the top of the breadfruit tree. Hanging limply from a branch, he spread his wings, and just as he felt himself falling again, a great wind blew and lifted him up. Up, up, and up he went. The rat soon forgot his aching muscles, feeling only the exhilaration and excitement of a bird's first flight.

Looking down at the bat that was getting smaller and smaller, the rat called out "goodbye my friend, see you in the next millennium!"

The bat looked up in amazement as the rat disappeared high into the afternoon sky. The bat shouted until he could shout no more, "Come back, rat! Come back!" Distraught, the bat rolled on the ground and cried until he fell asleep.

In the meantime, the rat with its new bat wings was enjoying the scenery of lush green tropical trees, plants and multitude of wildlife from high up in the air.

Back on land, the poor bat awoke. He felt his bare back with one hand, and clutched the rat's feet and tail with the other. He tried to fly but without his wings it was impossible to get even a few inches off the ground.

Days and months passed, and after a very long time of waiting for the rat to return his wings, the bat finally gave up any hope of getting them back from the scheming and devious rat. He realized that he had no choice but to make the best of his situation. So he fitted the rat's feet and tail on himself. From then on, the bat promised himself that he would never trust anybody again. Soon the bat became as mean a creature as any creature could be.

Fearful of big animals, dogs, cats and especially the owls, the bat hid in ground holes, wall cracks, and even ceiling openings.

By this time, the two estranged friends could no longer be told apart from what they originally had been. Soon the bat became the rat and the rat became the bat.

However, the four-legged bat never forgot the feel of his wings, hoping that one day he might fly again. Every time he saw a ripe fruit in a tree, he climbed up thinking that maybe he might see his sneaky friend the rat. He would always fail to catch a glimpse of the rat though. Instead, he would only find a half-eaten papaya or mango. Sometimes as he was nibbling on left over fruit, the wind would carry back the voice of the rat calling out, "I did it, I did it, I'm flying, I'm flying!"

The saga of the rat continues as he meets the octopus under an unusual and unexpected circumstance.

The Rat and the Octopus

The Rat and the Octopus

The bat turned rat tried to make friends with other earth-bound creatures but very few would even talk to him. He did however, have a chance encounter with the hermit crab.

"Say, aren't you new around here?" the crab asked curiously.

"Yes, as a matter of fact in earlier times, I was an animal that only looked down

upon the ground from high up in the sky," replied the rat.

"You're just pulling my leg," the crab responded.

"No I wouldn't pull that leg, as a matter of fact, I would be fearful to pull any of your legs…they look pretty fearsome from here" the rat continued. The rat and the crab chatted for a while, and quickly became friends.

Before long the crab wanted to introduce the rat to a friend of his, the wandering tattler. "What! a bird? How did you meet this bird?" asked the rat a little anxiously. By this time the rat did not want any thing to do with any bird life or creature of the sky.

The crab reassured the rat that the tattler was as fine a friend as one could find. The two of them continued their conversation while they were on their way to meet the tattler.

The threesome; rat, crab, and tattler took a while to get to know each other. They were soon inseparable nonetheless, and the rat realized that he was wrong to feel skeptical about having the tattler as a friend.

The rat could not suppress his yearning to travel to far places, even if it was from the ground. After much planning, the three friends decided that while not navigating the island from the sky, they could try a day trip around the island on a small craft.

On a designated day, the threesome gathered together all matter of building materials and built what could only described as a small raft. They waited patiently for an especially sunny and clear day to launch their makeshift boat. The launching was a success, and they went sailing out on the crystal clear water enjoying the movement upon the waves and gentle winds off of the ocean.

The tattler, being a sea bird and the tallest of the three was chosen the captain by his two friends. It may have been that the tattler was not as sure a sea captain as his two friends thought he was because out of nowhere, a tropical storm blew their boat off course and the tattler was at a loss about what to do. The storm caused a monstrous wave to sweep their little raft off course and it eventually capsized.

Luckily for the tattler, it was able to save itself by flying far into the sky on a strong current of air. The crab with its heavy shell sank straight down onto the reef. The poor rat however had no place to go but to swim desperately towards land.

As the rat swam gasping and out of breath complaining to himself about how the tattler and the crab had left him to swim such a long way in the stormy ocean, he came upon the octopus.

"What are you doing rat?" asked the octopus.

"What does it look like?" answered the rat.

"Now don't be upset rat, I was only wondering what you are doing so far from land?" inquired the octopus. "Well it's a long story…," grumbled the rat, "but if you can't help me then go away and leave me alone. I am too tired to carry on a conversation with you right now," said the rat.

"Well maybe I can help. Come and sit on my head and I will take you ashore," said the octopus.

"Well why didn't you say so!" the rat said impatiently. So, the rat jumped on the octopus's head and enjoyed a ride to shore. It was the best ride he ever had in his life.

While the rat was enjoying the ride on the octopus' head, and catching his breath, he had a sudden memory of how his devious friend the rat that was now turned bat had enjoyed riding on his own back.

The memory made him very, very angry. While reminiscing, he started to feel uncomfortable. His stomach was aching not only from swimming, but from the large meal he had with his friends on their raft.

In other words the rat wanted to go to the bathroom but he did not want to stop the octopus. So without really thinking about the friendly octopus, the rat dropped its excrement on the poor octopus's head. The octopus eventually got to land where he kindly let the rat off on the beach.

The two said goodbye to each other, meanwhile the octopus had no idea what the rat had left on his head. As the octopus stretched out its eight long tentacles to return home, he heard the rat singing aloud and it sounded as if he was calling out to the octopus

The octopus turned around and tried to get closer; wanting to know what the rat's song was all about. "Octopus, oh octopus, feel your head and see what is on it?" sang the rat.

When the octopus felt his head, he realized what the rat had done. He was not happy in fact he was very furious and went out and searched for the rat for revenge. "Is this the way you repay me for my kind service to you?" grumbled the octopus.

The poor octopus spent a long time searching all over the islands for the rat, but did not find the clever rat that was hiding inside a coconut shell.

After a long search, the octopus went home and spread the news to every fish he met about what the rat had done. From that day he vowed that anytime he saw a rat swimming, he would attack and devour him with his long tentacles and strong teeth and would not give the rat another chance to get away.

The octopus met a red snapper fish from a distance as he went by. "Hey fe'e (Samoan name for the octopus) wait for me. Where are you going in such a hurry? You look like you had a fight with the devil!" shouted the red snapper.

"Oh it was the devil alright," said the octopus. "Do you know what that rat did to me?" declared the octopus.

"No…tell me what did he do?" asked the red snapper.

"Well I am a little embarrassed to say, but he used my head as a toilet!" moaned the octopus.

"What! a toilet!? Why didn't you drown him as you usually do to those land bound creatures?" asked the red snapper.

"I would have if I knew before I let him off," said the octopus. "Boy it smelled so bad that it made me want to kill that rat!" exclaimed the octopus. While the octopus and the red snapper were talking, the steep head parrot fish with its big teeth came swimming by. Now the parrot fish has a very round mouth and loves to gossip!

"Hey boys what are you talking about?" asked the parrot fish.

"Oh nothing," said the octopus.

"Come on, I heard you saying something about the isumu"

"Isumu?" replied the octopus. How do you know the Samoan name for the rat?"

"Oh I am a local boy you know?" bragged the parrot fish. "The isumu never does that sort of thing to me because he knows I will bite his head with my strong teeth," responded the parrot fish.

"Well boys I got to go, so long," said the octopus.

As the octopus swam away the red snapper turned to the parrot fish and said, "Poor octopus, he seems very upset. I don't think he will ever forget what the rat did to his head!"

"Oh! you're right, he won't," said the parrot fish.

Since that day, the people of the Samoan islands capitalizing on this story have made lures to capture the octopus. The lure has the shape and likeness of a rat. It consists of several pieces; a round stone which is very smooth and heavy, two cowry shells with their bottom part removed a short stick, and some strips of coconut leaf.

An experienced fisherman is able to construct a lure that looks almost like the rat. The poor octopus does not know that it is only a lure of a make believe rat but he does not care. Anything that looks like a rat, the octopus attacks with its entire strength. The fisherman takes his canoe and his lure and paddles towards the reef almost at the place where the octopus met the rat. He lowers the lure to about the middle of the depth of the water and shakes it as if the rat was swimming. It doesn't take long for an octopus to attack the lure and wrap around it tightly with all its tentacles.

As the fisherman hoists his catch onboard the octopus or octopuses hang on and will not let go.

Until the next time and many more times into the future, the Samoan people will capitalize on this story and catch more octopuses.

The _moral_ of the story is: Do not do to others what you don't want others to do to you. Reward kindness with love and respect.

The story of the bat continues. He has been credited with saving a human from the blazing fire as well as distributing seeds to the tropical forest.

Thanks for the wings
and farewell my friend!

The Reformed Bat

This is the story about the Rat that became the Bat. The rat that had tricked his one time friend the bat, and taken his wings from him was now completely changed into the bat. The flying rat soon came to be known throughout the island as a "pe'a" or "climber" because his persistent climbing had made it possible for him to fly; in fact anyone who is a fast climber is called pe'a. Even now, the pe'a enjoyed soaring in the sky and when he rested he found it most comfortable to hang upside down from the large trees to take a long nap.

As devious and cunning as he was, he missed having any friends. As time passed, he became very lonely and wanted desperately to have a companion.

He had heard from other flying animals that on a nearby group of islands, there were other bats very much like himself. He made up his mind that he would venture out and make the long

flight to this nearby group of islands to find a mate who would be a companion for life.

The pe'a waited for an especially clear day and his trip got underway. His trip was long and hard but after several days, he saw land. He did not realize it but the island that he had come across was one in a group called Manu'a Islands lying just east of Samoa.

The pe'a came to rest upon a cool and shady tree and he took a long nap before looking for food and the bats that lived on the island.

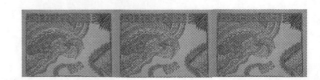

Eventually, he met a friendly young lady bat which he later named *Mataipepe* which means Babyface. After being lonely for so long, the bat appeared to have learned how important a good friendship was. He made up his mind that he was never going to betray anyone again. He was not going to deceive and be disloyal to Mataipepe as he had been to the rat.

With his change of heart he was actually a wonderful companion and soon Pe'a and Mataipepe were soul mates. They both made the long trip to Samoa and raised a family.

Mataipepe's brother and his wife accompanied them to Samoa.

Before long, there were plenty of young pe'a in the sky above the island. The young family of bats from the Manu'a island also raised many, many little pe'a like themselves.

It wasn't long before the offspring from these two families bore so many that their little island became overpopulated, and food became scarce. There were big pe'a, medium sized pe'a, little pe'a and even littler pe'a. There were mama pe'a, papa pe'a, grandpapa pe'a and grandmamma pe'a. In other words, there were all kinds of pe'a.

The pe'a realized that that they would have to move to the bigger Samoan islands. Sure enough, there were more fruits, enough to provide food for all the pe'a.

Oh! Boy this is truly an island of plenty, look at all the fruits: mangoes, avocados, papayas, breadfruits. We can eat all we can at any time we want, so they thought.

One thing that was different about the larger islands was that they were inhabited with people. These people enjoyed the fruits just as much as the pe'a did. To save the fruits for themselves these people started shooting at the pe'a with slingshots called *fanameme'i*.

The pe'a realized that they would have to find a way to get the island fruits for themselves and away from the island people. So the crafty pe'a devised a way to get as much fruit as possible. They decided to sleep during the day and stay awake at night to find fruits to eat.

"Did you see that man shooting at us with his sling shot?" said one pe'a to the other.

"Sure a stone came about an inch from my nose," said another pe'a'

Since that day in Samoa, if you try hard enough, you can clearly see a cluster of pe'a taking long rests during the daytime by hanging upside down from trees providing refreshing shade. Their wings are wrapped closely around their bodies and serve as protective covering during the rainy and stormy days that are frequent in Samoa.

The trees full of pe'a are called *taulagape'a* or clusters of pe'a. It was the beginning of the creation of many taulagape'a or clusters of pe'a on trees throughout the islands of Samoa. Almost every important family had a taulagape'a.

A tree with the taulagape'a would not be abundant with branches and leaves, however it would seem very luxuriant because it was teeming with

life. It was usually very noisy around the taulagape'a because of all the high-pitched noises the pe'a made as they communicated with each other.

This brings us to the final yet very exciting part of the story. We will learn how a flock of pe'a saved an infamous woman from being burned alive.

On the island of Savaii in Samoa, there lived a very important family, the Lafaitauulupoo family or Lafai for short.

Lafai was very fond of wildlife especially the pe'a. He kept several clusters of pe'a or taulagape'a. He would go to the woods and talked to the pe'a as if they were pets.

Lafaitauulupoo and his sister Leutogitupa'itea were only two in their family the heirs of "Le Muliaga" and "Poulifataiatagaloa". The brother and sister were very close and took very good care of each other,

Leutogitupa'itea eventually got married and she became one of the queens to the king of Tonga. Tonga is an island kingdom 1500 miles south of Samoa.

Unfortunately Leutogi did something that caused the death of the Tongan king's heir to the throne. This heir was the son of one of the Tongan queens. The king decreed that Leutogi should be burned to death for her great crime. The Tongan people fastened Leutogi to the trunk of a fetau tree stacked high at the base with wood.

In those times, in the absence of modern means of communication, news got from one island to the next through the spirit world. The news about what was happening to Leutogi reached her family in Samoa on the island of Savaii right as the event took place in Tonga.

Almost instantly Lafai went into action to save his sister many miles away over the ocean. He ordered all of the spirits of his ancestors to enter into the pe'a in his many taulagape'a. They were to fly to Tonga to save Leutogi from the fire.

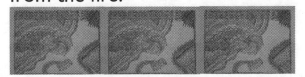 

"What if we get to Tonga and Leutogi was already dead?" one pe'a said to the other.

"I'll be afraid to go back to Samoa and tell a sad story like that to Lafai, lets hurry I see smoke rising from afar" said the other pe'a.

"Let us use the wind to our advantage like our ancestors taught us. Fly high then glide downward", he continued.

The Tongans preparing to reduce Leutogi to ashes had never seen pe'a before. Without warning, a mass of pe'a darkened the sky above them. These bats descended on the blazing fire empting their bladders to miraculously extinguish the angry flames.

"Sorry Leutogi for getting you wet", said one of the ancestral spirits in one of the pe'a.

"Oh that's okay it feels cooler than the heat from this fire", said Leutogi.

"I knew you would come, how is Lafai?" asked Leutogi.

"He is very concerned about you and he sends his alofa or love", said the spirit.

The Tongan king who was in attendance along with his countrymen watched in awe and amazement.

"Hey look at the flock of strange birds coming over there"! One Tongan to the others.

"They are going directly to the fire like suicide planes", he continued.

Pandemonium broke out as people shouting "death to the evil Samoan woman!" ran in every which direction correctly fearing that the pe'a were really spirits from Samoa.

When the king could not bring death to Leutogi and fearing that she possessed some great spiritual power, he ordered that Leutogi be banished to a barren island which had no fruit trees or vegetation of any kind. He hoped that starvation would end Leutogi's life, or being haunted by an angry spirit known to inhabit the island.

Do not worry Leutogi, we will remain here to make sure your safety", said the leader of the pe'a.

The bats never left Tonga after saving Leutogi. They continued to serve her, caring for her every need especially when she was banished to the haunted island. The bats brought Leutogi fruits of the ifi-tree (Inocarpus edulis), and wood and fire so she could cook. She heated large beach stones to make an umu or Samoan ground oven, and in the absence of leaves for covering she used beach pebbles. The Samoan word for covering is "tau" and the word for pebbles is "iliili." "You have nothing to fear about that aitu (ghost) over there. He is only one against multitude of us", said the leading pe'a.

Sure enough the restless spirit on the island did not harm Leutogi. He assumed that she would die of starvation anyway. But when he observed her cooking food and enjoying the meal of ifi fruits he came and watched her from a distance. In Samoan it means "Tilotilo mai" Mysteriously, he was soon bored and eventually abandoned this task. Instead he occupied himself with other tasks that spirits are bound to be busy with such as haunting seafarers that traveled too close to shore.

One day Tuiuea (king of Uēa-Wallis Island) passed by and found Leutogi on the barren island. He took her for his queen and she bore a son Faasega. It was through him the three titles and the story of Leutogi's ordeal was brought to Lafaitaulupoo in Savaii.

Faasega brought to Leutogi's family: Two eminent Samoan chiefly titles originated from this story: 1. "Tonumaipe'a" translated to mean the decision to rescue was *carried out* by the pe'a and 2. "Tauiliili" the food covered with *iliili,* or beach pebbles instead of leaves as there were none.

One Taupou or maiden title, also originated from this tale. "Tilomai" translated to mean, *the ghost just looked on and caused no harm.* A proverbial expression was also derived from this story. "Ua fetaia'i i maga fetau ola" translated to mean, *met on the branch of the fetau tree full of life and happiness.*

The pe'a never returned to Samoa but remained in Tonga. To this day, they serve as a constant reminder to the Tongan king and the people of Tonga of Leutogi's story. There are designated areas in Tonga, where the royal family have forbidden hunting or harming the bats. There are taulagape'a in these designated villages to this day.

One of these locations is the village of Kolovai on the island of Togatapu. There stands a huge banyan tree, populated with many pe'a similar to those taulagape'a found in Samoa. It is right above a family home and is visible from the road.

While the Pe'a had been a scheming animal in his relationships with other animals of the islands, it is his story that is important. One of the principal reasons that the National Park in American Samoa was brought into being was to preserve the pe'a or fruit bat. The pe'a is largely responsible for re-propagating the tropical forests in the islands.

The Samoan islands are in the South Pacific Ocean,
2500 miles southwest of the Hawaiian Islands.

O le Uō a le Isumu ma le Pe'a Ma isi Tala Pupu'u

Tusi ata o Filemoni Setu
Faavasega e Ruta Tauiliili-Mahuka

Tusia e Pemerika Tauiliili

2008

Faamatalaga o Tala

O tusi nei e tolu **"O le Uō a le Isumu ma le Pe'a", "O le Isumu ma le Fe'e", ma le "Pe'a ua Toe Fuataina" e amata mai i le tala i le uō a le Pe'a ma le Isumu o meaola i laufanua o Samoa.**

O le uō lenei na faai'uputa ma o loo i ai le muagagana e faapea: "Vaai faalelei le lua faaiga uō ina ne'i faai'uputa pei o le uō a le Isumu ma le Pe'a". O se upu faaulaula ma o se fautuaga alofa foi.

E ui ina ua fefulitua a'i nei meaola ina ua taape ma tafea pulu i vai i le la faigauō ina ua lele le Isumu ma apaau o le Pe'a ae nofo le Pe'a ma vae ma le si'usi'u o le Isumu ae ua taumafai le Tusitala e fai se fesoota'iga ma le isi foi tala faafagogo e aafia ai le Isumu o le manu o le lauleele ma le Fee o le meaola e mau i le sami. Ua avea le loto tiga o le Isumu ina ua sola o lana uō ma ona apaau, ma mea ua avea ai ma meaola faalafuā. Soo se mea lelei ua faaleaga e le isumu, soa 'ai mea 'ai a tagata ma faatama'i faatoaga, ae ua oo lava i le Fee e leai se la faiā ua soona sasao i ai lona ita tele. Ua avea foi lana mea na fai i le Fee ua lamatia ai fua le ola osi Fee i ta'igāfee a toeaiina Samoa.

'Ao le Isumu foi lea ua liu Pe'a ua lē pei o le Isumu le faimea matagā i tagata ma isi meaola, ae ua avea nei ma meaola ua toe fuata'ina le olaga. O le fuifuipe'a mai Samoa na lavea'ina le tamaita'i Samoa mai le afi mūmū saesae. Ua molimauina e saienisi o le Pe'a o se meaola tāua i le faasaoina o le vaomatua o Samoa. Ua avea ai le Pe'a o se meaola faapelepele i Samoa ma le Pasefika.

O ni tala malie ma faatupu lagona. Lagona alofa i le Pe'a ina ua sola le Isumu ma ona apaau, lagona ita i le Isumu i lana mea na fai i le ulu o le Fee, toe lagona le alofa i le Pe'a ua toe fuataina le olaga. E ui oni tala masani ae aogā e iloa ai e fanau tala faafagogo na tuu taliga mai i tua'a ua mavae.

43

Faasinotusi:

Oi a soona moe ʻea alii Peʻa ae ua oo i le taimi o le ta malaga taamilo i le motu.

O le Uō a le Isumu ma le Pe'a

I aso lava ia ua mavae i le atu motu o Samoa i totonu o le Vasa Pasefika sa i ai ni mea ola e lua e matua 'ese'ese o la tupu'aga o le Isumu ma le Pe'a. E le'i iloa lava ni manu faapea le 'ese'ese o la olaga ae matuā mafana le la faiga uō.

O le Isumu e ola i le fogaeleele ma savali i ona vae e fa, ae o le Pe'a e lele i luga o le 'ea ma le vanimonimo. Ae ui ina 'ese'ese ae i ai lava nai mea e tutusa ai. O mea la na e mafua ai le tatou tala.

O le mafua'aga na feiloai ai nei meaola ona o a la mea 'ai e tutusa lelei, e fiafia uma i la'ua e 'ai fua o laau. E 'ae atu la le Isumu e fia 'ai i le fua o le esi, ae o lae foi e upe mai ai le Pe'a "O le a le mea ua e 'aia ai la'u esi"? o upu ia a le Isumu.

"Oi malie lou finagalo ou te le iloa o lau esi, o le a ou lele e su'e se isi esi ou te 'ai ai," o le tali lea a le Pe'a. "Aua e te alu e fiu i lava ta'ua i lenei esi telē."

"Ua lelei faafetai alii i lou agalelei," o le toe tali lea a le Pe'a.

Amata mai i lena aso e le'i toe tete'a 'ese lenei toalua ae ua mafuta faatasi ma fiafia e aai i fua o laau 'ese'ese i lo la motu tuufua. O isi foi taimi e fiafia e o i lo la paopao e fagogota. Ae o le taimi e sili ona fiafia ai o la loto pe a lele le Pe'a ae tietie le Isumu i le papatua ma taamilomilo i lo la motu. E matuā fiafia tele le Isumu pe a tietie i le papatua o le Pe'a ae felelei maulaluga i le 'ea. "Oi sole matua'i manaia tele le faasavili i lou papatua, e maimau pe ana i ai ni 'ou foi apaau ae ta felelei faatasi."

"Oi! e moni lau tala", fesili le Pe'a

"Oi sole o le matua'i manaia lava o le faasavili ma vaavaai i lalō i le sami, mauga ma laau. E te lē iloa le manaia auā e te lele lava oe i taimi uma, ae e te le iloa le faigatā o le tilotilo mai i lalō aga'i i le lagi e pei o a'u", o le muimui lea a le Isumu.

"Afai o lena, soo se taimi lava e te fia tietie ai na ona e faailoa mai lava ona ta felelei foi lea", tali lea a le Pe'a.

"Ou te moomoo lava ia i ai ni 'ou lava apaau ona ta felelei lava lea faatasi" o le toe fai atu lea a le Isumu.

O le taimi lena na oo ane ai ni manatu i le Isumu ma faapea ifo i lona loto: "Ona pau lava le mea e mafai ai ona ou lele o le faanoi i le Pe'a pe mafai ona aumai ona paau oute lele ai". A'o felelei le Pe'a ma le Isumu i le isi aso ma faataamilo i luga o le la motu sa le mafai e le Isumu ona taofi

lona mana'o i apaau o le Pe'a. Sa punou ifo i lalo le Isumu ma le leo tele i taliga o le pe'a. "E i ai lo'u mana'o lea e fia fai atu."

"O le a lou mana'o", tali atu lea a le Pe'a.

"A'o ou nofonofo i lou papatua sa ou maitauina le gaoioiga o le matagi. Afai e mafai ona ou lele, ou te ta'u atu ia te oe e mafai ona ou lele maualuga ma televave i lo 'oe." O le lu'i lea a le Isumu.

Ona soisoi lea o le Pe'a ma fai atu, "E te le mafai ona e lele maualuga pe lele tele vave foi i lo a'u auā e leai ni ou apaau ae na o lou si'usi'u, ae mafai la ona e lele i lou si'usi'u?" e fai atu lava le tali a le Pe'a ma 'ata'ata.

"Ana mafai ona ou faaaogaina ou apaau, ou te fai atu ou te mafai ona lele maualuga toe televave atu i lo 'oe. Ma o la'u lu'i lena ia te 'oe o le

aumai o ou apa'au ou te lele ai ona ou faaali atu lea ia te 'oe le faaaogaina o le matagi e lele ai maualuga ma telelise ai" o le toe tali atu lea a le Isumu.

O le taimi lea ua le mafai ona taofi le ata a le Pe'a. Ona o le 'ata leotele o le Pe'a na tau punitia ai lana vaai ma taia ai le pito o lona apaau i le lala laau ma pa'u'ū ai loa i luga o le papa. Na ona tu lava i luga o le Isumu ma salusalu 'ese nai palapala i lona tino, ma ua avea le soisoi aamu o le Pe'a ua faamalosia ai lona mana'o i apa'au o le Pe'a. "Se malie mai ia oe le uso ae aumai ou apa'au se'i ou faaaali atu ai ia te 'oe le mea ou te iloa ou te mafaia." o le toe augani atu lea a le Isumu i le Pe'a.

"O ai lava na vaai i se Isumu o lele i le 'ea? O le a ou talia lou mana'o ona o lo'u fia vaai ua e paū taliaga mai le 'ea," tali atu lea a le Pe'a.

Ona telelise atu ai lea o le Isumu ma le Pe'a i le fanua gaogao ma amata loa e le Pe'a ona talatala lemu ona apaau.

"Aumai se'i ou fesoasoani atu e tatala le apaau lea", o le nanati atu lea a le Isumu. Ua tasi le apa'au ua matala ma o le matala mai lava o lea apa'au ma tago atu le Isumu ma faamaulu.

E le'i umi ae uma ona faamaulu e le Isumu apa'au uma e lua o le Pe'a. "Oi faamolemole lava Pe'a se'i e taofi atu lava 'ou vae ona o lea ua uma ona pipi'i vae i ou apa'au, ma se'i e 'u'u atu foi ma lo'u si'usi'u, si ou uso foi."

Sa talia lelei e le Pe'a le talosaga a le Isumu ma lona manatu e faatalitali i le taimi e faapea mai ai le Isumu ua ou le mafaia.

Sa mua'i apatā apa'au o le Isumu ma taumafai e lele sa'o mai lalo, ae le'i atoa se futu na mānu ai i luga ona e le'i masani i ana mea faigaluega fou.

Ona taumafai lea o le Isumu e a'e i luga o le esi ma faasasa'o apa'au ma taumafai e lele ae paū taliaga i lalo. Ona toe a'e foi lea i le fa'i ma taumafai foi e lele mai i luga o lau lautetcle o le fa'i, ae na o nai sekone

ae toe paū foi i lalo. E le'i faavaivai le isumu ae sa taumafai i laau uma sa i ai ae na o le paū lava ma talitaliaga i lalo. Ua amata nei ona lagona le maasiasi i luma o lana uō. Ae o le Pe'a foi ia ua le mapu le ata ma faapea atu i le Isumu, "Oi ae o fea foi le faaaogaina o le matagi?" O le ula atu lea a le Pe'a. E fai atu lava ma u'u lona manava ua tiga i le 'ata ma valaau atu "Tuu ia lou finau vale, e te lē mafai ona e lele auā e le o sou faiva lea le lele e le o ia te 'oe le agavaa e te lele ai e pei o a'u."

E fai atu lava le Pe'a ae ua atili ai le taumafai o le Isumu ia taunuu lava le mea ua mana'o i ai. "Ou te le mafai ona faafiti ua leva ona ou sauniuni i le mea lenei ma ou te lē mafai ona toilalo ai", o manatu ia o le Isumu ia te ia lava. "E le mafai ona ou le mafaia. E tatau ona ou lele mai se mea maualuga ia lava le mamao mai le lauele'ele."

Ona iloa atu lea e le Isumu le 'ulu maualuga ona totolo ai lea i le 'ulu. "Toe tasi lava sa'u taumafaiga" o manatu ia o le Isumu ia te ia lava.

Tiga le vaivai o le Isumu ae 'ae lava i luga o le 'ulu. Na ona faatautau mai lava i le lala o le 'ulu ma faasasa'o o apa'au ae agi mai loa ma le savili ma faamamulu ona vae ae maua loa e le matagi ma ave ai i luga o le 'ea. Sa na o le faalologo ma galo ai ona tino gagase ae alu alu pea i luga ma ua tau le iloa atu e le Pe'a o loo tutu atu ma le ofo ma le loto popole ina ne'i le toe foi mai le isumu. Na ona taamilo mai lava i le mea o tutu atu ai lana uo le Pe'a ma valaau mai: "Tofa la'u uō Pe'a se'i ta toe feiloai i le isi afe tausaga."

Sa na ona tu o le Pe'a ma le ofo o lona loto a'o mou malie atu le Isumu i le gagaifo o le la.

Sa tauvalaau le Pe'a, "Foi mai, foi mai Isumu." Ua tau le lagona se leo o le Pe'a mai le tauvalaau ona taatia ifo lea ma moe gase ai lava. Ao moe gase le Pe'a ae o le Isumu ua na o le felelea'i ma matamata solo i le lanu lau'ava o la'au ma le lanumoana o le sami pei se tio'ata ina ua sulugia i ave o le la o le tauafiafi.

Talofa i le Pe'a ua ala mai nei ua tago atu nei i lona papatua sa ufiufi i ona apaau ua saviligia. Ae o loo uu pea i le isi lima vae ma le si'usi'u o le Isumu. Sa taumafai e lele ae na o ni inisi na mane'e ai i luga. Ua te'a aso ma masina o faatali pea le Pe'a ma tau manatu pe toe foi mai

afea le Isumu fai togafiti ma ona apa'au.
Ua siliga ona toe foi mai o le Isumu ona
manatu lea o le Pe'a e sili ona taumafai e
talia le mea ua oo ia te ia. Ua salamo foi
i lona ioe gofie i le Isumu ma ana togafiti
leaga.

Mai lena taimi na folafola ai e le Pe'a
nate le toe talitonu ma faamoemoe i se
upu a se isi. Ua amata foi ona lagona le
fememea'i ma lona lē masani ona fealua'i
i luga o le fogaele'ele. Sa na o le ea lava
na masani ai ae o lea ua te'i ua tolotolo e pei o lana uō o Isumu. Ua fefe
i manu lapopo'a atu i lo ia e pei o taifau o pusi ae maise lava o le tagata.
Ua amata foi ona nofo i vaimaa ma luga o fale, ma avea ai ma fili o aiga
i lona soa'ai o tauga ma lapisi. Ua faigata nei ona iloa le 'ese'esega o nei
manu mai foliga na i ai i le amataga ma ua amata nei ona avea le Isumu
ma Pe'a ae avea le Pe'a ma Isumu.

Talofa i le Pe'a e le mafai lava ona galo le toe fia lele, ma lona faamoemoe pe sau afea le Isumu ma aumai ona apaau.

Soo se taimi lava e vaaia ai se fualaau pula e a'e i luga ma faamoemoe pe feiloai ai ma lana uō amio leaga o le Isumu. Peitai na o fualaau o toe'aiga o loo totoe.

O nisi taimi a'o 'ai se fualaau a le Pe'a e pei lava e faalogoina se leo o faapea mai, ua ou lele o lea ua ou lele. "Tofa la'u feleni ta feiloa'i i le afe tausaga." O leo ia na faalogo ai o valaau mai ai le Isumu mai le e'a.

Ua mautinoa nei e le Pe'a e le toe maua ona apa'au, e lē toe mafai foi ona toe lele e pei o aso ua mavae. Ona nofo ai lava lea ma le faanoanoa. Ua talia e ia le olaga ua oo i ai, o ia o le Isumu auā ua avea nei le Isumu ma Pe'a.

O le a sosoo le fau ma le fau i le tatou tala i le feiloaiga a le Isumu ma le Fee.

O le Isumu ma le Fee

O le Tala i le Isumu ma le Fee

Faapefea ona fetaia'i le Isumu o le lauele'ele matutū ma le Fee o le Sami.

Ua sola le Isumu ma apaau o le Pe'a, ae ua totoe nei na o vae e fa ma le si'usi'u o le Isumu. Ona tago lea o le Pe'a e taufaapipii vae o le Isumu, ae le iloa poo fea vae o tua a'o fea vae o luma. Ina ua tulaga sa'o vae o luma ma vae o tua ae savali atu e taupaū ma taumalualua lana savali. Faatoā paleni lana savali ina ua faapipii le si'usi'u o le Isumu.

Ua tula'i mai nei o le Isumu a'ia'i lava ma ua leai lava se ese'esega ma lana uō amio leaga lea ua avea nei ma Pe'a.

Sa taumafai le Pe'a lea ua avea nei ma Isumu e faamasani ma faauō atu i isi manu savavali ma fetolofi, ae leai se isi e fia talanoa pe fia uō ia te ia. Ae te'i ua feiloa'i ma le Uga o loo tuaoi o la nofoaga i le aupa lea o loo nonofo ai.

"Talofa alii e pei lava ou te vaai atu e te fou mai i lenei aupa?" o le fesili lea a le uga. "Ioe e moni lava lau susuga e le'i leva ona ou nofo i lenei aupa. O a'u sa felelea'i ma tilotilo mai le vanimonimo i le lauele'ele", o le tali lea a le Isumu.

"E pei lava e te taufaasee ma tau tapatapa vae, " o le tali atu lea a le Uga.

"E leai ou te le tala pepelo pe oute tapatapa vae foi, o ai lava le toa nate fia tapa ina ou vae taufe'ai ma tetelē, " tali atu lea a le Isumu. Ona talatalanoa ai lava lea o le Isumu ma le Uga ma fiafia lava ua feiloai ma masani. E le'i umi se taimi ae mana'o le Uga e ave lana uō fou e feiloai ma le isi ana uō o le Tulī.

"E a o se manulele! Na faapefea ona lua feiloai ma lena manulele?" o le fesili faase'ise'i lea a le Isumu. Talu ai le mea na tupu ia te ia ma le ulua'i Isumu, sa le mana'o e toe faamasani i se isi manu e lele i le vanimonimo.

Sa taumafai le Uga e faamalie le loto masalosalo o le Isumu. "O le Tuli o se manu lelei ma le faamaoni, " o le taufaamalie atu lea a le Uga. Sa talatalanoa fano le Uga ma le Isumu ma savalivali atu e faafeiloa'i le Tuli.

Ua uma ona feiloa'i le Isumu i le Tuli ma sa umi lava se taimi o taumafai pea le Isumu e faagalogalo le manatu i le la uō ma le Pe'a lea ua sola ma ona apaau. Ua toe salamo le Isumu i lona loto masalosalo ma ua ia talia lelei le Tuli o se manu faamaoni e pei o le molimau a le Uga.

Ua le uma le manatu o le Isumu e fia malaga i mea mamao o se lagona sa i ai ao fai ona apa'au e tusa pe ua le mafai ona lele. Sa loto faatasi loa le to'atolu e mafai lava ona folau taamilo i so latou vaa.

Ua tuupo loa le aso o le a fau ai lo latou vaa. Ua filifili le laau māmā, se laau e opeaopea gofie i le sami, se laau e oo uma ai latou ma ni mea 'ai aua e umi aso o le malaga. Sa faatalitali i se aso lanulelei, se aso e susulu lelei ai le La. Ua tuu nei i tai le Sa ma ua tapena mea uma i le vaa faatasi ma i latou.

Ua alu le folauga i le malū manaia o le sami ae o le moana ua matuā manino pei o se tioata. Ua na o le faalologo ma faalue i galu o loo fafati i le agiagi malie mai o le savili.

Ua filifilia le Tulī e fai ma kapeteni ona o lona maualuga ma umī ma o ia foi o le manu e masani i le sami. Peitai e le'i avea le umī ma le masani i le sami ma mea e iloa ai le lelei o le kapeteni a le Tulī auā ua faafuase'i lava le agi mai o le matagi malosi ma ua le iloa ai e le kapeteni le mea o le a fai. O le malosi o le matagi ua alu ese ai le vaa ma le alavaa ma faapulou ai ese auma maualuga ma ua gaulua ai.

E le'i popole tele le Tulī auā ua na ona apata lava o ona apaau ma ave maualuga ai oia e le matagi. O le Uga foi ia na ona faamagoto lava i le

aau ma maua ai le vaimaa e malu ai mai auma tetele, ae talofa i le Isumu ua totoe nei na o ia, ua leai se isi mea e fai ae aau aga'i i uta.

O le goto a le Uga na maua ai le isi alagaupu "ua goto uga i le aau." Maua ai foi ma le pese poo le tagi o le fagogo e faapea: "Ua lele le Tulī e fai ona apa'au, ae goto le Uga i le aau, talofa i le Isumu ua fiu i aau."

A'o taumole atu si Isumu ma muimui i ana uō ina ua taufai su'e le mea e ola ai le meaola ia ae ua tuua na o ia ma o le faalua lea ona tupu o ni puapuaga ia te ia, e le'i umi ae te'i ua la fetaui ma le Fee.

"Oi o a au mea na e fai Isumu?" fesili le Fee.

"O le a lou manatu, e pe ī a'u mea ia e fai?" o le tali faasa'esa'e lea a le Isumu.

"Oi aua e te ita, sa na ona ou fesili atu lava i lo'u fia iloa ona o le mamao o le mea lenei ma le laueleele" o le tali lemu lea a le Fee.

"E umī lava le tali o lau fesili…" o le tomumu lea a le Isumu. "Ae afai e te le mafai ona e fesoasoani mai ona e alu 'ese lea, e leai se taimi e talanoa ai ma 'oe," o le tali sa'eā lea a le Isumu.

"Masalo e mafai ona ou fesoasoani atu sau e ti'eti'e i lo'u ulu ae ou momolia 'oe i uta," o le ofo atu lea a le Fee.

"Oi matua'i leva lava ae le fai mai sau tala," o le tali faase'ise'i lena a le Isumu. Ona oso fiafia ai lea o le Isumu i luga o le ulu o le Fee ma faalogologo i le manaia o lana ti'eti'e. Ua toe manatua ai le ti'eti'e o lana uō amio leaga le Isumu i lona papatua.

A'o tau to'a le manava a le Isumu i le malū ma le māseesee o le ulu o le Fee, ae faalogoina pea i lona loto le amio leaga o lana uō le Isumu lea ua avea ma Pe'a a'o tieti'e i lona papatua. O ia mafaufauga ua amata ai ona oso o lona loto tiga ma le ita tele.

Ao mafaufau pea i nei mea na tutupu, ae te'i lava ua lagona le tiga o lona manava. Ua tiga lona manava e le gata mai le aau i le sousou o le sami ae mai le latou 'aiga tcle a ia ma ana uo i luga o le latou vaa. A tuu

ini upu lata mai: Ua fia fai se feau mamao a le Isumu ae le'i mana'o e faalavelave i le Fee.

Ua galo i le Isumu le alofa ma le fesoasoani a le Fee, ae ua faatitipa nei i le ulu o le Fee. Sa le iloa e le Fee le mea ua fai e le Isumu i lona ulu.

Ua taunuu i fanua le ausaga a le Fee ma tuu malie atu si alii o Isumu e aunoa ma lona iloa le malapagā a le Isumu o loo faulala'i i lona ulu.

E falō atu ave o le Fee e toe foi i lona nuu ae faalogo atu o usu mai le pese a le Isumu, e le ose pese faafetai ae o le pese faaulaula, taufaalili, ma taufaifai.

Ua toe liliu atu nei le Fee ma faalogologo ma e moni lava o le tauvalaau a le Isumu e faatatau ia te ia.

"Si Fee si Fee e, tago ia i lou ulu poo a ea na mea o i ai." E tago atu le fee faapea o se meaalofa a le Isumu e tusa ma lona agalelei, ae tago atu o le malapagā.

Ua matuā le fiafia le loto o le Fee ma ua alu e su'e le Isumu e taui i ai lana mea ua fai. "O le taui lea e te aumai i lo'u alofa ia te 'oe?" o le muimui lea a le Fee.

Ua fiu le Fee e su'e aupū le Isumu. Ua su'e i lalo o faapuloulou, su'e i vai maa, su'e i faaputugā pulu, su'e i faaputuga pa'u ifi. Ua ita mo'i lava le fee i le mea leaga a le isumu ua fai i lona ulu, ae ua le maua.

E le tioa fiu le fee e su'e ae ua alu ua lafi ma faapupuu i totonu o le atigi popo. O le mea lea e ta'u e tamaiti o le fai o le gutu ae pala'ai, ua toe ausulusulu la o le a ae na fai e ā?

Ua lē maua e le Fee le Isumu ona alu ai lea ma tala'i atu i isi i'a le mea na fai e le Isumu ia te ia. Amata mai i lena aso le folafolaga a le Fee: "E soo se mea nate vaaia i le sami e foliga i le Isumu, e lē faatali ae matuā osofa'ia i lona malosi ma faaumatia."

E le'i umi ae fetaui le Fee ma le Tamalau, "Talofa Fee faatali mai ea, o fea a e nanati i ai?" o le valaau lea a le Tamalau. "Ua ese ou foliga e pei 'oe na lua misa ma se tiapolo" o le valaau lea a le Tamalau.

"O! e sa'o a 'oe o le tiapolo lava le mea " o le tali lea a le Fee. "E te iloa le mea na fai e le Isumu ia te 'au?"

"Oi o le a le mea ta'u mai, se ta'u mai," o le augani atu lea a le Tamalau.

"Se ou te mā e ta'u atu, ae na faatitipa le isumu i lo'u ulu, ua avea lo'u alofa e momoli i uta ae taui mai i mea valea," o le tagi talatala lea a le Fee.

"E a? Faatitipa, aisea na e le tago ai e lelemo ma fasi e pei o au mea e fai i isi meaola?" fesili le Tamalau.

"Se ou te lē iloa, ana lē nofo lava ia ma usu mai lana pese 'ou tago atū sole ua mafiafia le mea i lo'u ulu. Ou te le'i faatali ae ou alu su'e, sole ua ou fiu ae pei o le mou a le tagata pala'ai."

A'o talanoa le Fee ma le Tamalau ae aga'i mai le 'au'auga a le Laea ma ona nifo malō ma si ona gutu putaputa e tumu i le faitatala. "Sole poo suga o a lua tala na e fai?" fesili le Laea.

"E leai lava ni ma tala o fai," tali lea a le Fee.

Se aua le faapenā na ou faalogo mai lava o lua talanoa ma ta'u le Rat," o le tauanau atu lea a le Laea.

"Faapefea ona e iloa le faapalagi o le Isumu?" fesili lea a le Fee.

"Oi e ui lava e le'i lelei ni 'au a'oga ae sa a'oa'o ai le pese: "Isumu is the rat, pusi is the cat, e alu atu pusi cat ae sola si alii o rat," o le tali mimita atu lea a le Laea.

Ioe talofa i le uso nei ua faatitipa le Isumu i le ulu," o le faitatala lea a le Tamalau.

"Faapefea lava ona fai lena mea e le Isumu, ae na faapefea fo'i ona sau lena Isumu i le sami ae o le lauele'ele lona nofoaga?" fesili lea a le Laea.

"E leai lava se me a faapena e fai e se isi ia te 'au auā ou te 'aia ai mata i 'ou nifo malolosi."

"Faia le lua 'au'auga ae o 'au o le alu tofa alii," o le faamavae atu lea a le Fee.

"Talofa e i si Fee ua vaaia lava le loto mafatia. Tailo pe mafai ona faagalo e le Fee le mea ua fai e le Isumu ia te ia?" o le tala lea a le Tamalau i le Laea

"E sa'o lelei lau tala," o le ioe lea a le Laea.

Talu ai le mea na fai ele Isumu i le ulu o le Fee na amata ai loa e tagata Samoa ona fafau maa ta'ifee e faafoliga i le Isumu. O le maata'ifee e fafau i le maa molemole toe mamafa e lapo'a atu ae foliga i le fuamoa.

Ona fafau lea i le maa ia itu pule e lua ua ave'ese lalo. E fafau i ai se fasi laau i le isi itu ae faasili i luma le isi pito o le fasi laau, ona noanoa lea i ai fasi launiu e faafoliga i le 'ava a le Isumu.

E silafia e le tautai Samoa le mea e i ai fee ona tuutuu ifo lea o le maa ta'ifee faavaeluatai ma lulu faafoliga i le aau a le Isumu.

E le faavasega e le Fee poo se Isumu lea pe leai, pau lava le mea o le faataunuu o lona toatama'i talu le mea leaga na fai e le Isumu i lona ulu.

Talu le ita tele o le Fee i le Isumu e tiga le sisi malele o le maa ta'ifee i luga ma tuu i le paopao ae piimau pea le fusi a le Fee i ona ave malolosi e valu. Ua avea le ita tele o le Fee ua maileia ai lona ola i togafiti poto a tagata Samoa. Ona taunuu ai lea o le upu: "Ua tagi fua Vi ae ua i le vaa o Enelī."

E sau lea tupulaga ma alu atu lea tupulaga ae tumau pea lenei faiva o le taifee a tagata Samoa talu ai le: "Tala i le Isumu ma le Fee"

O le matua o le tala: "Aua le faia i isi tagata mea e te le mana'o e faia e isi ia te 'oe. Taui atu le agaglelei i le alofa ma le faapalepale."

"Faafetai mo apa'au.
tofa mai feleni."

O le Tala i le Pe'a na toe Fuataina

Ua lele mai le Pe'a ma faamavae atu i lana Uō o Isumu.

Pese a tamaiti: "Timu maamaa fai malaga loa le pe'a su'e se laau e fua tele naunau. E muamua taamilomilo. ae mulimuli ona tautau, upe vae tasi ae faaeto le laulau".

O le tala lenei i le Isumu ua liu Pe'a.

Ua taunuu le mea na mana'o ai le Isumu o le fia lele, ma fia faalogologo i le saviligia o ona apa'au ma siitia ai lana lele aga'i i le lagi. Ua fiu foi e fai solo ana feni e pei o le lele faatu sa'o i luga ma faatifa sa'o mai i lalo ae maise lava pe a mana'o e lele faatusa'o i lalo ma tāupe i se fualaau e pei o fua o 'ulu.

Ua seāseā foi ona upe i laau maualalalo e pei o le esi ma le fa'i ina ne'i fetaia'i ma le Pe'a lea ua liu Isumu. Ua uma nei mea na mana'o ma momoo i ai ae ua oo mai le loto alofa ma le salamō i lana mea na fai.

Ua toe faasolo ona mafaufauga aga'i i lana uō lea ua liu Isumu. Ua fiu foi e tau faamasani i isi manu felelei ae leai se manu e toe fia uō i ai ona ua iloa uma e manulele lana mea na fai.

Ona manatu ai lea o le Pe'a e leaga le mau toatasi ae sili ona saili se mea e maua ai sana manamea la te mau faatasi. Talu ai lona le masani i le olaga faa manulele, sa na le iloa ai o loo i ai nisi motu o loo tuaoi ma Samoa.

Ona soona lele ai lava lea poo fea lava e taunuu i ai lana sailiga ae mulimuli ane ua taunuu i le motu o Manu'a. Na malolo lelei i le paolo o se lala laau ae vaaia loa se pe'a fafine o feliuliua'i ma faatafai mai i le Pe'a mai Samoa. E le'i umi ae feiloai loa ia Pe'a ma le mafine i se feiloaiga ua masani ai lava Pe'a latou.

Talu ai le mata pepe o lana manamea o lea na ia faaigoa ai o Mataipepe. Ua manatu le Pe'a e aumai lana manamea o Mataipepe i lona motu o Samoa. Ae talosaga ane foi le tuagane o Mataipepe e fia o mai foi ma lana foi manamea i Samoa.

73
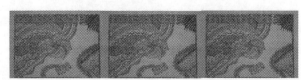

Ua amata nei ona fanafanau Pe'a ma Mataipepe faapea foi le tuagane o Mataipepe ma lona toalua.

Ua saga fanafanau nei ituaiga o pe'a ma ua faatoateleina ma ua tau leai ni mea ai i le tama'i motu na nonofo ai. Ona filifili lea o pe'a e sili ona asiasi atu i motu tetele o Samoa o Upolu, Savaii, ma Tutuila.

E moni e tele mea 'ai i motu tetele e pei o 'ulu, o vavae, o niu, o mago, o esi ma fa'i. Ae o le faalavelave o motu e ainā e tagata. A ō atu nai pe'a e upe i se 'ulu ua matua ma lelei i le 'ai, ae o ane tagata ma tafana latou i fanameme'i.

"Sole na e vaai atu i le tamoloa ma lana fanamemei, toeitiiti lava a ou lavea ai?" fesili a le isi pe'a.

"E faapena fo'i a 'u ana ou le vave lele 'esa e lavea ai lo 'u ulu," fai atu le isi pe'a.

Ona toe filifili foi lea o Pe'a matua ma faapea atu. "Se a le aogā o le tele o mea 'ai ae lamatia ai le ola? E sili ona tatou toe foi i lo tatou motu e ui ina laititi mea 'ai ae mafai ona faasoasoa lelei."

Sa fai atu le i si pe'a matua: "E lelei pe a momoe i le ao ae felelei e su'e mea 'ai i le po, e lelei lena e saoloto ai lava le 'ai auā ua momoe tagata." Ona faalua lea e le tuagane o Mataipepe.

Ae oso atu pe'a Junior, "E lelei le po e faaaoga ai o tatou sulu faapitoa ma le sosogi e su'e ai mea 'ai." O le mafua'aga lea e seāseā vaaia ai se pe'a i le ao, ae momoe i laau i le vao i taulagape'a ae a oo i le po ua taamilomilo solo e su'e mea 'ai. Ua le moe fo'i le pe'a i soo se laau o le vaomatua, ae ua fuifui faatasi i se laau e tasi ma ua ta'u o taulagape'a.

Ua tele nauā pe'a faapea foi taulagape'a ua tai tofu lava aiga i Samoa ma le taulaga pe'a.

O taulaga pe'a e tau leai ni lau o laau ae ua lau i pe'a o tāupe pe faatupe'a vae tasi pe vae lua foi. E feliuliua'i ma faalala i aso la ae a timu ma matagi ua taai le tino i apaau lau tetele.

O Pe'a ma ona suli na lavea'i se tamata'i Samoa mai le afi mumu saesae:

O taulagape'a nei sa lavea'i ma faasaoina se tamata'i Samoa i le motu o Togatapu. O Leutogitupa'itea o se tama'ita'i Samoa sa avea ma se tasi o masiofo a le tupu o Toga. Ua toatama'i le maisetete le tupu ona ua maliu le suli o le malo mai le masiofo Toga i lima o Leutogi ma ua finagalo ai o le a mu le foaga, ma susunu Leutogi.

Ua la'u le fafie ma alalaga tagata o le a faaoo le oti i le tamaita'i Samoa. Ua faati'eti'e Leutogi i le maga poo le lala o le laau o le fetau ae faaputu fafie e susunu ai faatasi le laau ma Leutogi.

O aso o le itulua o tagata Samoa auā o le taimi lava na la'u ai fafie i Toga na oo mai ai i Samoa le tala, na aumai e ilamutu ia Lafai Tauulupoo le tuagane o Leutogi.

Talofa ia Leutogi o le a maliu fasia i nuuese. Sa faatonu e Lafai agaga uma o ona aiga ma ona Ilamutu e o ane ma ulu i pe'a o ana taulagape'a.

"Ia outou felelei faataalise i Togatapu ma lavea'i ia Leutogitupa'itea," faatonuga a Lafai i ilamutu ma agaga uma o ona aiga. O agaga uma o tagata oti ma ilamutu i lena itu o Savaii sa ulu i pe'a ma malaga i se fuifui pe'a 'ese le tele.

E ui ina mamao Togatapu ma loulouā le aso ae sa felelei pea pe'a e leai ma se isi faamoemoe ae o le fia lave'i ia Leutogi.

"Vaaia tamasi'i matuā 'ese ia fuifui manu ma apa'au lautetele ua pogisai ai le aso," o le vala'au faanatinati atu a le isi tamasii.

O se vaaiga uiga 'ese le vaai mai o tagata Toga i se fuifui manu ua pogisa ai le susulu o le la i le matuā tele o nei manu apa'au lautetele. O aso ia e le'i i ai ni pe'a i Toga.

"Faapefea pe a tatou oo atu ua uma le soifua o Leutogi?" o le fesili lea a le isi pe'a.

"Ou te matuā fefe lava e toe foi i Samoa ma se tala faapenā," fai mai lea a le isi pe'a,

"Vaaia i manu ua felelei sa'o lava i le afi, e sa'o alii tamasii ae leai se isi e mū".

"Fai atu le ta'ita'i o pe'a, tatou alu faatasi i le afi ma fai le mea na alai ona tatou o mai"

"Malie lou loto Leutogi ua e pala ma sūsū uma i le fuiga o le afi" ta'ita'i ia Leutogi ".

"'Aua le popole ua lelei ua mālū ai i le vevela o le afi, o a mai Lafai?" fesili a Leutogi

"O loo popole ina ua maua le tala ma o loo alofa mai," tali le ta'ita'i.

Sa aga'i sa'o lava le fuifui pe'a i le mea o sasao ai le afi, ma ua uma le alalaga o tagata ae ua sulu solo i le fefefe i le fuifui pe'a mai Samoa.

Tiga le sasao o le afi ae na mate lipi lava i le liligi faatimuga loloto o feauvai a ilamutu ma fuifui pe'a.

Ua feiloai Leutogi ma ona ilamutu ma agaga o tuaā o lona aiga. Ua fetaia'i ma Leutogi i luga o le maga o le fetau.

O fea e na alalaga susunu ia oti le fafine Samoa, ua leai ma se isi o le au togi sala ua taufai su'e le mea e ola ai le tagata ia.

Talu ai le mea matautia na fai e pe'a i le faamateina o le afi ma faasao ai Leutogi ua leai foi se i si e toe fia faaoo le oti ia Leutogi ona latou ave ai lea ia Leutogi ua tuu i se motu tuufua atonu e oti ai i le fia ai poo le 'ai foi e le aitu o loo i le motu.

Ma le manatu afai e lē maliu i le matelaina, o le a faaoo e le aitu le oti ia Leutogi e tusa o le latou mana'o.

E ui ina leai ni mea 'ai ma se vai, leai foi ni laau e faapaolo ai mai le malosi o le la, ae o le tamaitai Samoa e masani i soo se tulaga faigata. Sa maua le vai na inu ai i tufu i le apitagalu i le pe o le tai.

Sa aumai e pe'a ia ifi ma fafie ona pusa ai lea e Leutogi lana umuifi i le matafaga. E le taumate foi sa fai sona faiva i autafa o le motu o le 'eli pipi, o asiasi, tui loli ma isi lava figota e pei ona masani ai i Samoa.

E lē o ni maa na fetui ai le umu ae o 'amu lautetele na fai ma maa, e ui ina leai ni tau o lana umu ae sa fai iliili ma tau e taufi ai lana umu ifi.

" 'Aua ete popole i se mea e tasi o le a matou auauna i soo se mea e te mana'o ai," ta'ita'i ia Leutogi.

"E leai se mea e te popole ai isi alii lea e sau ma tilotilo mai, e sili ane lona sauai i nei mau sauai," ona to ē lea ma tō le mua ma talanoa aga'i i Samoa.

A'o fai le umuifi a Leutogi, ae sau le aitu o le motu ua na o le tilotilo mai, ae leai sana mea na fai ia Leutogi.

Sa afea le motu e le alii o le motu o Uea poo Wallis Island ma ave ai Leutogi ma fai ma ona faletua, ma maua le suli o le tama o Faasega.

E le'i toe foi mai pe'a i Samoa ae o loo tumau ai pea i Toga e oo mai i aso nei. O loo i ai nuu faapitoa i Toga ua faatulafono e le aiga tupu o le nofoaga o pe'a ma e sa ona faatama'ia e se tasi nei pe'a se'i vagana e maua i fafo atu o nei nofoaga faapitoa. O se tasi o nei nofoaga o Kolovai i le motu o Togatapu ma o loo vaaia ai se taulagape'a tele lava i totonu o le aai. O lenei taulagape'a o se pulu tele i luga o se maota o se aiga e mafai ona iloa atu mai le alatele.

O le tala lenei na maua ai suafa matai tāua: 1. Tonumaipe'a , ona o le laveai e pe'a o Leutogi. 2. Tauiliili, ona o le umuifi na taufi i iliili, ma le suafa taupou o Tilomai, ona o le aitu na ona tilotilo mai. "Ua tatou fetaia'i i māgāfetau ola," o le alagaupu na mafua ona o le maga o le fetau na faati'eti'e ai Leutogi ao faaoo le sala ae na laveai ma feiloai ma ona ilamutu ma tuaā o lona aiga.

E ui ina leaga le mea na fai e le Pe'a i le amataga ae ua avea ona suli ma meaola tāua i le soifua o tagata Samoa. E le gata ina lavea'i Leutogitupaitea, ae ua avea foi le pe'a ma meaola tāua i le faasaoina o le vaomatua. Ua faamaonia e saienisi o le pe'a nate faasalalauina fatu o laau ma tutupu ai laau eseese i le vaomatua. O le faasaoina o le pe'a le isi mafua'aga tāua na faavae ai le polokalame o le National Park a le Malo o le Unaite Setete o Amerika i laufanua o Amerika Samoa.

O le uō ale isumu ma le pe'a e faatusa i ai se faigauō: "e uō, uō foa" o lona uiga e lē faavavau nisi faigauō. O le mea leaga na fai e le Isumu i le ulu o le Fee e manatua ai le tulafono a'uro: "'Aua e te faia se mea i se isi e te le mana'o e fai e se isi ia te o'e". "Ia taui le lelei i le lelei ae le o le leaga i le lelei". Ae o le lavaea'ina o Leutogi e lona tugane o Lafaitauulupoo e taunuu ai le isi muagagana: "E mafiafia le toto o le tino ma le aano moni". ma "O uō mo aso uma ae o le uso mo asovale".

The Samoan islands are in the South Pacific Ocean, 2500 miles southwest of the Hawaiian Islands.

Printed in the United States
by Baker & Taylor Publisher Services